Paris
1864

Chazot de ; Beaumont ; Nuitter

Obéron

Opéra fantastique en 3 actes, imité de Wieland

LIBRAIRIE DE MICHEL LÉVY FRÈRES
RUE VIVIENNE, 2 BIS

OBÉRON

OPÉRA FANTASTIQUE EN TROIS ACTES ET SEPT TABLEAUX

IMITÉ DE WIELAND

PAR

MM. NUITTER, BEAUMONT et DE CHAZOT

MUSIQUE DE WEBER

REPRÉSENTÉ POUR LA PREMIÈRE FOIS, A PARIS, SUR LE THÉATRE-LYRIQUE, LE 27 FÉVRIER 1857.

DISTRIBUTION DE LA PIÈCE

OBÉRON.	MM. Fromant.	LE BEY.	MM. Bellecour.
HUON.	Michot.	UN PIRATE.	Quinchez.
SHERASMIN.	Grillon.	PUCK.	Mᵐᵉ Borghèse.
SADACK.	Leroy.	REZIA.	Rossi-Caccia.
ABOULIFAR.	Girardot.	FATIME.	Girard.

Droits de représentation, de reproduction et de traduction réservés.

ACTE PREMIER

PREMIER TABLEAU

Le théâtre représente une vaste forêt.

SCÈNE PREMIÈRE

OBÉRON, PUCK, Génies.

(Obéron est endormi sur un banc de gazon ; pendant son sommeil ses sujets dansent autour de lui. Chœur mystérieux.)

CHŒUR.

Le jour vient, et le ciel pur
Se revêt d'or et d'azur ;
Venez tous, esprits légers,
Et sur les fleurs, voltigez,
Point de bruit, notre roi dort.
Ruisseaux, murmurez moins fort ;
Auprès de vos fraîches eaux,
Sur un lit de verts roseaux,
A l'ombre des bois épais,
Obéron sommeille en paix.
Songes heureux.
Charmez ses yeux ;
Rendez à son cœur
La paix, le bonheur.
Le jour vient, et le ciel pur
Se revêt d'or et d'azur ;
Venez tous, esprits légers,
Et sur les fleurs, voltigez.

Venez, venez,
Près de lui, voltigez !

(Obéron se lève et fait signe aux Sylphes de se retirer.)

SCÈNE II

OBÉRON, PUCK.

PUCK.

Eh quoi, seigneur ! vous, le puissant Obéron, vous, le prince des sylphes, je vous trouve toujours plongé dans une morne tristesse !... Nos jeux et nos chants ne savent plus vous distraire... D'où peut venir votre ennui ? que pouvez-vous désirer, que pouvez-vous regretter, vous à qui rien n'est impossible ? Vous cherchez la solitude, vous délaissez la princesse Titania, notre reine, votre épouse que vous chérissiez jadis...

OBÉRON, avec chaleur.

Ah ! jamais je ne l'aimai davantage !

PUCK.

Eh bien, seigneur, qui vous empêche de courir auprès d'elle ?... quel est donc l'obstacle capable d'arrêter Obéron ?...

OBÉRON.

Tu vas le connaître. Souvent, tu le sais, auprès de ma Titania, quand nous parcourions tous deux l'espace, j'observais d'un œil curieux les actions des mortels, les amoureux surtout éveillaient notre sollicitude et notre curiosité... les époux aussi...

PUCK.

Vous aimiez les contrastes.

OBÉRON.

De combien de ruses, de combien de perfidies ne fûmes-nous point les témoins invisibles !...

PUCK.

Oui, je m'en souviens... Mais toujours quand une épouse infidèle, ou une amante volage venait de commettre quelque méfait, notre reine, Titania, savait mettre les torts du côté du mari trompé ou de l'amant trahi. Les femmes, selon elle, avaient toujours raison, les hommes toujours tort !

OBÉRON.

Eh ! c'est de là qu'est née notre querelle ! Un jour qu'en présence d'un tour plus pendable que tous les autres, elle cherchait encore à excuser son sexe en raillant le nôtre, je perdis patience, et n'écoutant que ma colère, je la quittai en jurant de ne jamais la revoir.

PUCK.

Jamais !

OBÉRON.

Jusqu'au jour où deux amants épris d'un amour chaste et fidèle, fermes dans toutes les épreuves, inaccessibles à toutes les séductions, auraient racheté par leur constance les crimes des parjures !

PUCK.

Par la rosée du matin ! voilà un serment imprudent, seigneur. Deux amants toujours fidèles... les découvrir est chose difficile, et ce n'est pas trop pour cela de toute notre puissance surnaturelle.

OBÉRON.

Jusqu'ici, c'est en vain que je les ai cherchés. O Titania ! ce n'est pourtant qu'à ce prix que nous pouvons être réunis !... Ah ! pourquoi l'ai-je juré ?

AIR.

Vœu maudit, fatal serment !
Ne plus la voir ! cruel tourment !...
Qui me rendra son sourire,
Sa douce voix que j'aimais,
Ses traits où l'amour respire ?
Hélas ! qui pourra me dire

Quand finira mon martyre ?
Je l'ai perdue à jamais.
Vœu fatal !
O tourment sans égal !
C'est en vain que je l'appelle.
J'ai juré de fuir loin d'elle !
Vœu fatal !

PUCK.

Pourquoi désespérer ? nous trouverons peut-être ce couple fidèle qui doit vous délier de votre serment. Je puis vous être utile ; vous le savez, j'aime à pousser les mortels dans de folles entreprises... Oh ! pour être un bon génie, on n'est pas sans un peu de malice... et quand je n'ai pas à diriger quelque intrigue amoureuse, quelque rendez-vous téméraire, quelque enlèvement impossible, eh bien ! il me manque quelque chose.

OBÉRON.

Quel est ton projet ?

PUCK.

Le voici : j'ai découvert en France un jeune chevalier, Huon de Bordeaux, une âme ardente, un cœur loyal et généreux, toujours prêt à tenter les entreprises les plus périlleuses ; c'était l'homme qu'il me fallait. Je lui ai fait apparaître en rêve la belle Rezia, la fille du calife de Bagdad, et sur la foi de cette seule vision, il est parti, le cœur épris, pour aller conquérir celle qu'il aime.

OBÉRON.

Vraiment !

PUCK.

Voilà qui promet déjà, n'est-il pas vrai ?... Mais ce n'est pas tout !... Rezia aussi, grâce à moi, a rêvé de notre chevalier, et voilà deux amants qui s'adorent avant de s'être jamais vus !

OBÉRON.

Et tu crois qu'un pareil amour durera sans cesse ?

PUCK.

Pourquoi pas ! Qu'importe à l'amour son origine ?... Les hommes savent-ils jamais d'où il vient ?... C'est un fleuve qui les entraîne, mais dont la source leur reste inconnue. D'ailleurs, il est facile de tenter l'épreuve. Notre amant à la recherche de sa belle doit traverser cette forêt, accompagné d'un fidèle écuyer. Je les ai amenés par ici à dessein, et tenez, les voilà qui approchent, vous pourrez les observer à loisir...

OBÉRON.

C'est bien ! Suis-moi, je vais te dire ce que j'attends de toi. (Ils disparaissent.)

SCÈNE III

HUON, SHERASMIN.

SHERASMIN.

Ma foi, je ne sais plus où nous sommes !...

HUON.

Marchons toujours.

SHERASMIN.

C'est ce que nous faisons depuis un mois, seigneur. Nous allons au hasard, nous errons à l'aventure ! Au moins ce qu'on gagne à voyager ainsi sans but, c'est d'être sûr de ne jamais s'égarer.

HUON.

Eh ! trêve de plaisanteries !

SHERASMIN.

Mais enfin, seigneur, où allons-nous ?

HUON.

Je l'ignore moi-même.

SHERASMIN.

Et c'est ce dont je me plains. Quand je pense que depuis trois mois nous avons quitté la cour de l'empereur et votre beau duché d'Aquitaine où nous vivions si heureux !... De rudes tournois qui duraient jusqu'au soir... de larges repas qui duraient jusqu'au matin !... enfin une

existence raisonnable et digne d'un chevalier tel que vous!
Un jour, vous avez renoncé à tout cela... vous êtes parti
à la recherche de je ne sais quelle beauté imaginaire...
Voyons... entre nous, n'est-ce pas perdre notre *temps* que
de courir ainsi le monde sur la foi d'une *vision*?... Quoi
de plus chimérique!...

HUON.

Eh! laisse-moi!...

SHERASMIN.

Moi qui vous parle, que de fois il m'est arrivé des cau-
chemars pareils! Tantôt c'est une bête monstrueuse qui
se présente, elle grandit à vue d'œil; je veux tirer mon
épée, mon épée grandit aussi et ne peut sortir du four-
reau. Tantôt, c'est un nez long comme le bras et froid
comme glace qui se met à la croisée et vous barre le chemin... La bête, le nez et votre belle inconnue... tout cela
c'est exactement la même chose: visions!... mauvais tours
que se jouent dans notre esprit les farfadets de la nuit.

HUON.

Allons! c'est bien, parlons! (*Ils se dirigent vers le fond. A ce
moment les buissons du côté gauche s'entr'ouvrent, et laissent apercevoir
Rezia dans une chambre orientale.*)

SHERASMIN.

Parlons!...

HUON.

Non!... Une force invisible me ramène de ce côté.
(*Apercevant la vision.*) Ah! tiens... regarde!... c'est elle!...

SHERASMIN.

Ma foi, je ne vois rien...

HUON.

Écoute!

SHERASMIN.

C'est le bruit du vent au travers des feuilles. (*A part.*)
Décidément sa tête déménage!

SCÈNE IV

LES MÊMES, REZIA.

VISION.

REZIA, *chantant.*
C'est moi qui t'appelle
A mon secours!
Ah! viens, de ta belle,
Viens sauver les jours.
Je languis esclave
Sous de tristes lois;
O toi, le plus brave,
Accours à ma voix!

HUON.

Tu l'entends! elle m'appelle à son secours! elle me de-
mande de la délivrer... Courons!... (*Le buisson se referme.*)

SHERASMIN.

La délivrer!... de qui? Courir!.. où?... Ce côté de la
forêt est impraticable.

HUON.

Je saurai bien m'y frayer un chemin.

SHERASMIN.

Attendez!... j'aperçois un être humain... il pourra
nous être utile.

SCÈNE V

LES MÊMES, PUCK, *sous les traits et le costume d'une bohémienne.*

HUON, à Puck.

Dis-moi, connais-tu les sentiers de cette forêt?

PUCK.

Si je les connais!... j'y suis née! Enfant, ma main se-
coua plus d'un de ces arbres, alors frêles arbustes.

SHERASMIN, à part.

C'est une vieille de haute futaie.

HUON.

Eh bien, sers-nous de guide.

PUCK.

Volontiers! mais donne-moi ta main, mon fils! Je sais
comprendre le langage de ces lignes qui s'entremêlent
comme les peines et les plaisirs dans cette vie.

SHERASMIN, à part.

Ah! c'est une bohémienne! une diseuse de bonne aventure. Je n'aime pas ces gens-là, moi!

PUCK, à Huon.

Jeune homme, tu es amoureux...

HUON.

Oui.

SHERASMIN.

Oh! ce n'est pas difficile à deviner, cela; dans une forêt
pareille, on ne peut rencontrer qu'un voleur ou un amoureux.

PUCK.

Tu cherches une amante inconnue dont un rêve t'a offert les traits.

HUON.

Il est vrai.

SHERASMIN, s'écartant de Puck.

Hum! hum! voilà qui devient précis.

PUCK.

Si je te conduisais près d'elle...

HUON, vivement.

Oh! si tu fais cela, je jure...

PUCK.

Attends! et sache à quoi tu t'engages... Te sens-tu au
cœur un amour assez vrai pour qu'il dure autant que ta
vie?

HUON, vivement.

Oui! je le sens!...

PUCK.

Assez profond pour te faire respecter celle que tu aimes,
pour te donner la force de ne pas lui demander la
moindre faveur jusqu'au moment où vous serez unis?

HUON, hésitant.

Oui...

PUCK.

Assez puissant pour qu'il résiste à toutes les épreuves,
à tous les dangers?

HUON, vivement.

Oui!

PUCK.

A toutes les séductions?

HUON.

Oui!

PUCK.

Tu me le promets?

HUON.

Je le jure!

PUCK.

Celle que tu aimes est à cinq cents lieues d'ici... à
Bagdad, dans le palais du calife, au fond d'un harem im-
pénétrable, d'où elle ne sortira que pour être unie à un
prince qu'elle déteste.

HUON.

Partons pour Bagdad!...

SHERASMIN, effrayé.

Cinq cents lieues!... rien que cela!

PUCK, retenant Huon.

Arrête! je puis en un instant te faire accomplir le
voyage.

SHERASMIN, à part.

Serait-ce une magicienne?... Je ne suis pas ami de la
sorcellerie...

HUON, à Puck.

Oh! tu te railles de moi! tu me promets l'impossible.

SCÈNE VI

LES MÊMES, OBÉRON.

(Il paraît tout à coup auprès de Huon. En même temps Puck paraît dans son premier costume.)

OBÉRON.

L'impossible sera!

HUON.

Qu'ai-je vu?

SHERASMIN, à Huon.

Un esprit! deux esprits!... Fuyons... ou c'est fait de nous!

HUON.

Qui donc es-tu, être divin, pour t'intéresser à mon sort?

OBÉRON.

J'ai besoin de toi. Je suis lié par une promesse sacrée; les génies ne peuvent manquer à leur serment.

SHERASMIN.

C'est ce qui les distingue des mortels.

OBÉRON.

Je suis séparé de celle que j'aime.

HUON.

Ah! s'il en est ainsi, combien je te plains! A ce prix, tout ton pouvoir ne me tenterait pas.

PUCK.

Eh bien, puisque tu comprends sa souffrance, à toi de la faire cesser! Il faut pour cela que deux amants fidèles accomplissent les épreuves que tu as acceptées.

HUON.

Elles seront accomplies!

OBÉRON.

C'est bien! Mais apprends qu'une fois arrivé à Bagdad, je t'abandonne à tes seules forces. Désormais livré à toi-même, souviens-toi de ta promesse. Si tu y manques, ma colère saura te punir.

HUON.

Tu peux compter sur moi, rien n'ébranlera ma constance...

OBÉRON.

Dès lors, fût-ce au milieu des plus grands périls, nous saurons te faire triompher. Vois ce cor magique, il se présentera à toi de lui-même pour t'annoncer la fin de *tes* épreuves, et à peine aura-t-il retenti que tous tes ennemis, saisis de vertige, commenceront à l'instant une ronde frénétique.

SHERASMIN.

Bel instrument!

OBÉRON.

Et maintenant, sylphes, ondines et génies, rendez hommage aux mortels que protége votre maître!...

SCÈNE VII

LES MÊMES, SYLPHES, GÉNIES.

CHOEUR.

Gloire! honneur!
Aux mortels pleins d'ardeur
Que notre roi guide
Dans leur course intrépide!
Jamais leur constance
Ne s'affaiblira,
Partout leur vaillance
Des dangers triomphera!

HUON.

Sans retard, ô puissant génie,
Guide-moi vers mon amie.
Rien ne peut ébranler mon cœur,
Des dangers je serai vainqueur.

OBÉRON.

Bagdad est loin, malgré tout ton courage,
Crois-moi, tu lutterais en vain;

Plus d'un obstacle, en ce voyage,
Viendrait t'arrêter en chemin;
Moi, je veux t'y mener soudain.
Par mon pouvoir suprême,
Bagdad viendra vers toi!...

(Le fond du théâtre change et représente Bagdad.)

SHERASMIN.

Ma surprise est extrême.

HUON.

O prodige merveilleux!
C'est Bagdad! O sort heureux!
Oui, voilà la ville immense...
J'aperçois enfin ces lieux
Où me guide l'espérance!
Non! non! plus de souffrance
O toi, mon seul espoir,
Toi qui charmes mon âme,
Je vais donc te revoir
Ma douce et noble dame.

OBÉRON.

Adieu, tu peux partir;
Quand tout sourit à ton désir,
De tes serments tu dois te souvenir.

ENSEMBLE.

C'est l'instant,
On t'attend!
L'amour t'appelle!
Près de ta belle
Porte tes pas,
Ne tarde pas.

HUON.

Toi, dont tout subit le pouvoir,
Comble encore mon espoir;
Vers mon amie
Conduis mes pas;
Ma voix te prie,
Ne tarde pas.

(Obéron leur montre le chemin. Ils sortent. Tableau.)

DEUXIÈME TABLEAU

Le théâtre change et représente les jardins du harem de Bagdad. A gauche, un grand kiosque.

SCÈNE VIII

REZIA.

(Elle arrive lentement par la droite.)

Cavatine.

Ah! dans la souffrance
S'écoulent mes jours,
Et l'espérance
Me fuit pour toujours!
Rien ne me charme,
Et mon cœur, désormais,
Se plaît dans les larmes
Et dans les regrets.
De mes beaux jours, le cruel souvenir,
Pour mon âme attristée, est encore un plaisir.

Vous de qui la vie,
Au sein du bonheur,
S'écoule ravie
Et fuit sans douleur,
Tremblez! car, hélas! disgrâce subite,
Souvent vient trop vite
L'instant du malheur.

Ah! dans la souffrance
S'écoulent mes jours,
La douce espérance
Me fuit pour toujours!

SCÈNE IX

REZIA, FATIME.

FATIME entre par la droite.

Comment, vous quittez déjà les jardins du harem?

REZIA.

Oui... la promenade me fatigue.

FATIME.

Alors, je vais faire dire à nos musiciens de venir.

REZIA.

Non! la musique m'ennuie.

FATIME.

Ni promenade! ni musique!... Voulez-vous que je vous dise ce que j'en pense? Ce n'est rien de tout cela qui vous ennuie, c'est que...

REZIA.

Eh bien?

FATIME.

C'est que demain on prétend vous marier au prince des Druses, au noble Babekan.

REZIA.

Assez, Fatime!

FATIME.

Pardon si j'ai pu vous déplaire, mais vous savez combien je vous suis dévouée, et votre tristesse me désole.

REZIA.

Eh bien, oui! tu as deviné... Oh! ce mariage, je ne puis m'y résigner...

FATIME.

C'est étonnant! Le prince des Druses est un bel homme, riche, puissant, et qui, dit-on, n'a pas son égal aux échecs.

REZIA.

Eh! que m'importe!...

FATIME.

Enfin, c'est un mari charmant! Ah! s'il ressemblait à Sadack! vous savez, le chef des gardes du palais, qui me fait la cour!... Oh! lui, il n'est pas fait pour inspirer des désirs de mariage!... tandis que le seigneur Babekan...

REZIA, vivement.

Le seigneur Babekan n'est rien auprès de...

FATIME.

Auprès... Vous vous taisez! Oh! que c'est mal de ne me dire les choses qu'à moitié... à moi qui suis la curiosité en personne!... Voyons, il y a donc quelque beau seigneur que vous aimez?

REZIA.

Peut-être...

FATIME, vivement.

Qui est-il? où est-il? où l'avez-vous vu?

REZIA.

Qui il est?... je l'ignore.

FATIME.

Ah!

REZIA.

Où il est?... je ne le sais.

FATIME.

Vraiment?

REZIA.

Où je l'ai vu... en songe!

FATIME.

En vérité, voilà des amours bien fantastiques, et il n'y a pas là de quoi rendre jaloux le prince Babekan.

REZIA.

Oh! mais un songe tel que la réalité n'aurait pas fait sur moi plus d'impression! Juges-en plutôt : c'était dans une riante prairie, l'air était embaumé du parfum des fleurs; je m'y promenais avec délices, quand tout à coup il m'a semblé qu'un monstre hideux, sous les traits de Babekan, me poursuivait et était près de m'atteindre... A ce moment, je vis paraître un jeune chevalier à l'armure éclatante... à la démarche fière... il portait une écharpe blanche brodée d'or; sa vue mit Babekan en fuite; il me fit monter dans un char, nous partîmes; mais le char vint à heurter une pierre, et je me réveillai..

FATIME.

Oh! la vilaine pierre, cela allait si bien!

REZIA.

Mais ce n'est pas tout! il n'y a qu'un instant, dans les jardins, j'ai cru apercevoir deux étrangers, et, le croiras-tu, dans l'un d'eux j'ai reconnu celui que m'avait montré mon rêve... J'étais là... interdite... quand ils ont disparu. Est-ce une illusion?... je ne sais, mais à chaque instant il me semble qu'il va venir à mon secours, me délivrer de cet odieux époux...

FATIME.

C'est bien difficile. (Un esclave paraît et parle bas à Fatime.)

REZIA.

Qu'y a-t-il?

FATIME.

C'est Sadack : il vient de la part du prince Babekan vous apporter des présents.

REZIA.

Des présents! je ne veux pas même les voir; je vais retourner auprès de mon père et m'efforcer encore de le fléchir. (Elle sort par la gauche.)

SCÈNE X

FATIME, SADACK, DEUX Esclaves.

SADACK, aux Esclaves qui le suivent portant une corbeille.

Esclaves... placez là cette corbeille.

FATIME.

Qu'est-ce donc?

SADACK.

La tête d'un tigre que le prince a tué dans sa dernière chasse. Il vient la mettre aux pieds de celle qu'il aime.

FATIME.

Fi!... emportez cela bien vite! Les jolis moyens de séduction! Si c'est ainsi que l'on parvient à plaire...

SADACK.

Oui!... Ta maîtresse et toi vous êtes fort difficiles à attendrir. Voyons, ma Fatime... ma Fatimette... ne me considéreras-tu pas d'un meilleur œil!...

FATIME.

Oh! que sert de te considérer, tu ne peux qu'y perdre.

SADACK.

Ne m'accorderas-tu pas quelque petite faveur?

FATIME.

Aucune.

SADACK.

Un regard? un sourire?

FATIME.

Jamais!

SADACK.

Un petit baiser?

FATIME.

N'approche pas!

SADACK.

Voyons!... voyons!

FATIME.

Adieu!... (Elle se sauve.)

SADACK.

Ah! quelle femme! c'est à perdre la tête... (Aux Esclaves.) Allons! suivez-moi, vous autres. (Courant du côté par où est sortie Fatime.) Fatime!... Fatime!... Elle me fuit... pure coquetterie!... au fond, je suis sûr qu'elle m'adore! (En sortant.) Fatime!... Fatimette!...

SCÈNE XI

HUON, SHERASMIN, escaladant la terrasse du fond.

SHERASMIN, à Huon.

Par ici!... personne!...

HUON.

Nous voici arrivés.

SHERASMIN.

De la prudence, seigneur! Nous venons de faire cinq cents lieues en une minute... c'est très-bien, et pour ma part je m'accommode de cette manière de voyager... mais, vous le savez, maintenant c'est à nous seuls de nous tirer d'affaire.

HUON.

Eh bien, puisque tu n'aimes pas le merveilleux...

SHERASMIN.

Entendons-nous. Je ne l'aime pas quand il faut le combattre, mais du moment que je l'ai pour allié... Tenez, franchement, cette manière de voyager m'a gagné le cœur... par les jambes! C'est fort commode.

HUON.

Oui, ce prodige me raffermit dans mes espérances!... Oh! j'en suis sûr!... elle est ici!... je vais la voir!...

SHERASMIN.

L'entreprise est périlleuse.

HUON.

Tant mieux!...

AIR.

Jamais mon cœur
Ne connut la peur!
Mon âme
S'enflamme!
Portant mes pas
Dans les combats,
Gaîment j'affrontais le trépas!
Vingt fois
Dans les tournois
J'ai signalé ma valeur,
Couvert mon nom d'honneur,
Et je n'aimais rien que la gloire,
Que la victoire,
Non, rien!
Rien!
Aujourd'hui s'allume en mon cœur
Un feu plus pur, plus douce ardeur;
L'amour de mon âme est vainqueur.
Douce et séduisante image,
Plus blanche qu'un blanc nuage,
Viens ranimer mon courage!
Ah! viens!...
Viens!
O belle inconnue,
Porte ici tes pas;
Parais à ma vue,
Ne m'entends-tu pas!
L'amant qui t'appelle,
Sans crainte ici-bas,
Pour toi va, ma belle,
Braver le trépas!

SHERASMIN.

On vient.. c'est une femme!... et charmante, sur ma foi!...

SCÈNE XII

LES MÊMES, FATIME.

FATIME, les apercevant.

Des étrangers dans le harem!... Que venez-vous chercher dans le palais du calife, près des appartements de sa fille?

HUON.

C'est bien cela!... Et sa fille, dis-moi, est la plus charmante, la plus adorable de toutes...

FATIME.

Sans doute... mais comment savez-vous...

HUON.

Elle résiste à l'hymen auquel on veut la contraindre...

FATIME.

C'est exact.

HUON.

Elle attend l'amant fidèle qui doit la délivrer...

FATIME.

Mais comment se fait-il...

SHERASMIN.

Les amants fidèles!... présents!...

FATIME.

Est-il possible!... Mais alors, seigneur, c'est donc vous que ma maîtresse, la belle Rezia, a vu en rêve... et qui tout à l'heure, dans les jardins...

HUON.

Moi-même!... Conduis-moi près d'elle à l'instant.

FATIME.

C'est impossible; elle est auprès du sultan son père; et puis, ici, dans le jour, vous ne sauriez la voir, il y a toujours un cortège d'eunuques et de surveillants... mais ce soir, quand la voix de l'iman se fera entendre... revenez, et peut-être...

HUON.

Ah! tu combles mes espérances!

SHERASMIN.

Ah! tu combles nos espérances! (il l'embrasse.)

SADACK, entrant.

Qu'ai-je vu?

FATIME.

Venez!... hâtez-vous, de grâce; je vais vous conduire hors du palais par un chemin secret...

SCÈNE XIII

SADACK.

Eh bien! voilà un harem fort bien tenu!... Des étrangers... et Fatime qui se laisse embrasser... Il paraît qu'on n'est pas sévère avec tout le monde!... Par bonheur, j'ai saisi l'heure du rendez-vous, je vais avertir le calife et me trouver là avec mes hommes. Ils sont sortis de ce côté, suivons-les de loin et ne les perdons pas de vue. (Il sort.)

SCÈNE XIV

REZIA. Elle rentre par le kiosque.

Mon père est inflexible! que faire?... je l'ignore... et cependant, une voix secrète me le dit, celui que j'aime va venir.

Finale.

AIR.

RÉCITATIF.

Viens! il est temps
C'est toi, toi que j'attends.
Si tu ne viens me secourir,
Hélas! je n'ai plus qu'à mourir!

AIR.

Mon seigneur, mon bien, ma vie,
Je ne vivrai que pour toi.
Mon âme à ton âme unie
Saura te garder sa foi.
Que le dieu d'amour t'amène,
Ton image est dans mon cœur,
Toi seul peux briser ma chaîne,
Toi seul peux finir ma peine,
Ah! viens, accours, mon sauveur

SCÈNE XV

REZIA, FATIME.

FATIME.

Chère maîtresse! ah! pour nous quel espoir!...
Là, dès ce soir,
Oui vous allez le voir!

REZIA.

Là? qui? Réponds, Fatime! que dis-tu?

FATIME.

Celui que vous aimez, moi je l'ai vu!

Le destin vous l'amène.
Déjà sans peine,
Moi j'ai bien compris
Que de vous son cœur est épris.
Il eut, dit-il, un rêve comme vous.
Vous le verrez ce soir à vos genoux.

RÉZIA.

Lui! ce soir! ô bonheur!

ENSEMBLE.

O doux instants, il va venir mon/son sauveur!

Je sens palpiter mon cœur,
Ce doux rêve de bonheur,
Non! il n'était pas trompeur!

FATIME.

Mais taisons-nous, dans les jardins, là-bas,
Les gardiens du harem portent leurs pas...
Après la ronde, cette nuit,
Votre amoureux viendra sans bruit.

SCÈNE XVI

LES MÊMES, LA RONDE.

(Des Esclaves passent au fond avec des lanternes.)

CHŒUR.

Le jour fuit, marchons sans bruit.
Au harem, quand tout sommeille,
Toujours la prudence veille...
L'indiscret est éconduit.
Le jour fuit, marchons sans bruit...

RÉZIA, à part, dans le kiosque.

Vers lui, mon âme s'élance;
Mais cachons avec prudence
Mon ivresse et mon bonheur;
Sois muet, tais-toi, mon cœur.

SCÈNE XVII

LA RONDE, SADACK, HUON, SHÉRASMIN.

(On voit Sadack arriver avec précaution, suivi de gardes de nuit.)

REPRISE DU CHŒUR.

Le jour fuit, marchons sans bruit.
Quand au harem tout sommeille,
Avec soin la garde veille...
Malheur à l'audacieux
Qui pénètre dans ces lieux.
C'est la nuit
Plus de bruit.

(La ronde sort. Les voix s'éloignent. On voit arriver avec précaution Huon et Shérasmin. Au moment où Huon va pénétrer dans le kiosque, Sadack paraît accompagné de gardes, le saisit et on se jette sur Huon et Shérasmin et on les entraîne.)

ACTE DEUXIÈME

TROISIÈME TABLEAU

Le théâtre représente une salle du palais donnant sur une galerie.

SCÈNE PREMIÈRE

SEIGNEURS, GARDES.

CHŒUR.

Gloire à votre maître!
Croyants, à genoux!
Quand il va paraître,
Soudain prosternez-vous!
Sa vengeance
Suit de près l'offense,
Nuit et malheur

A qui s'expose à sa fureur!
Qu'un supplice vengeur
Soit le prix de son insolence,
A lui mort et malheur!

(Le Calife traverse le théâtre. Les Gardes et les Seigneurs s'inclinent sur son passage et le suivent.)

SCÈNE II

FATIME.

(Quand la foule est sortie; elle regarde de tous côtés.)

Personne! J'ai beau chercher; je ne puis avoir aucune nouvelle de ce jeune chevalier et de son écuyer. Je n'ose interroger... Voici l'heure du mariage qui approche... bientôt le prince Babekan va venir chercher sa fiancée... ma maîtresse se désole... Que sont-ils devenus?... auront-ils pu s'échapper?... Comment faire pour le savoir?...

SCÈNE III

FATIME, SADACK.

SADACK, à part, apercevant Fatime.

C'est elle! O femme! créature plus inconstante que les flots amers!

FATIME, à part.

Sadack! Si je pouvais par lui apprendre quelque chose... Il va comme à l'ordinaire me dépeindre les ardeurs de sa passion...

SADACK, à part, traversant le théâtre.

Traîtresse! perfide!...

FATIME, à part.

Il médite quelque compliment.

SADACK, s'en allant.

Crocodile!

FATIME, à elle-même.

Eh bien! il passe! il s'en va!... mais je ne saurai rien, alors... Oh! quelle idée. (Elle prend un luth et se met à jouer. Sadack, qui était sur le point de sortir, s'arrête et se rapproche peu à peu.)

Ariette.

FATIME.

Exilée et captive
Loin du pays que j'aimais,
Ici ma voix plaintive
Exhalait de vains regrets.
Rien ne pouvait de mes larmes
Tarir le cours,
Sans plaisirs et sans charmes
Coulaient mes jours!

En un instant tout change,
Et soudain dans mon cœur,
L'amour, prodige étrange,
Allume un feu vainqueur.
Je me console
Tout s'envole;
Pour moi plus de regrets,
Ma douleur s'enfuit désormais.
L'amour m'a fait une patrie,
Et désormais
Par lui j'oublie
Tous mes regrets.

SADACK, qui, pendant le morceau, s'est toujours rapproché, à part.

C'est à moi que tout cela s'adresse. (Haut:) Charmante! charmante!..

FATIME.

Vous étiez là?...

SADACK.

Oui, ma houri, ma colombe, mon astre, mon firmament!... (Il va pour l'embrasser.)

FATIME.

Un instant, seigneur Sadack!... pas tant de familiarité!...

SADACK.

Ah ! permets au corail de mes lèvres d'effleurer les roses de ce teint de lis !

FATIME.

Du tout !

SADACK, se ravisant.

Heïn ! qu'est-ce à dire ?... Je crois que nous ne sommes pas aussi sévère avec tout le monde... et hier soir, auprès de ces étrangers...

FATIME, vivement.

Que sont-ils devenus ?

SADACK.

Je les ai conduits avec toutes sortes d'égards entre quatre bonnes murailles où je les ai laissés.

FATIME.

Grand Dieu !

SADACK.

Eh mais ! il me semble que tu leur portes beaucoup d'intérêt... Est-ce que par hasard ce jeune écuyer...

FATIME.

Eh bien, oui ! je le trouve beau, spirituel, aimable ; tandis que toi je te trouve laid, sot et ennuyeux ! Je l'aime, tandis que je ne puis pas te souffrir.

SADACK.

Eh bien ! sachez donc qu'avant ce soir, et par mes soins, ils seront renfermés dans un sac et jetés à la mer, toujours avec tous les égards qui leur sont dus !

FATIME.

Est-il possible !

SADACK.

C'est l'ordre du calife, et maintenant je vais accomplir les devoirs de ma charge et terminer les préparatifs du mariage. Que d'affaires ! une fête à conduire... deux hommes à noyer !... Ce sera charmant !... Rien ne manquera aux réjouissances...

FATIME.

Oh ! mon bon Sadack !

SADACK.

Je ne suis plus votre bon Sadack ! Mes fonctions me réclament... une fête à conduire... deux hommes à noyer !... Adieu !

FATIME.

Sadack !...

SADACK.

Que le Prophète te conserve, petit crocodile !...

SCÈNE IV

FATIME ; puis HUON, SHERASMIN.

FATIME.

Oh ! le méchant homme ! Que faire ? comment les sauver ?... C'était bien la peine de venir de si loin ! Deux jeunes gens si aimables... car l'écuyer aussi était très-gentil !... (On voit venir par le fond Huon et Sherasmin vêtus de splendides costumes orientaux.) Oh ! je ne m'en consolerai jamais... Mais je ne me trompe pas... ce sont eux ! libres !... Comment avez-vous fait pour vous échapper ?

SHERASMIN.

Ma foi, je ne sais trop... tout ce dont je me souviens, c'est qu'il y a eu une grêle de coups... un déluge de horions... Or, comme nous n'avons rien reçu, j'en conclus que nous avons tout donné ! puis, grâce à ces habits orientaux, on nous a ouvert toutes les portes du palais, et nous voici.

FATIME.

Mais il faut prévenir ma maîtresse, calmer son inquiétude. Tout s'apprête ici pour son mariage...

HUON.

Non, il ne s'accomplira pas !... Si elle m'aime, qu'elle consente à me suivre...

FATIME.

Vous suivre ?...

HUON.

A l'instant ! il faut fuir !...

SHERASMIN, à Fatime.

Et toi aussi, ma Fatime... tu me suivras, n'est-ce pas en Gascogne ?...

FATIME.

Ah ! vous êtes de la...

SHERASMIN.

J'en suis...

FATIME.

Mais si vous m'emmenez, que diront vos autres femmes ?...

SHERASMIN.

Comment ! mes autres femmes !... Mais dans mon pays on n'en a qu'une...

FATIME.

Si peu !

SHERASMIN.

C'est bien assez !... (à lui-même) c'est même quelquefois trop...

HUON, à Fatime.

Le temps presse !... hâte-toi de prévenir Rezia... (On entend la voix de Sadack.)

FATIME.

Attendez... c'est Sadack... s'il vous reconnaît, tout est perdu !...

SCÈNE V

LES MÊMES, SADACK.

SADACK, à la cantonade.

C'est bien... c'est bien... (Huon et Sherasmin se tiennent un peu à l'écart. Sadack aperçoit Fatime ; il fait un mouvement de colère et lui parle sans la regarder.) Jeune fille ! va annoncer à ta maîtresse que le caïk du prince Babekan s'avance sur le fleuve pour conduire sa fiancée à la mosquée.

HUON, à part.

Déjà !...

SHERASMIN, à Huon.

Le caïk !... voilà notre affaire... (A Fatime.) Cours apprendre à Rezia notre arrivée ; qu'elle nous rejoigne ici dans un moment... je me charge du reste. (Il se concerte avec Huon.)

SADACK, à Fatime.

Eh bien ?...

FATIME.

J'obéis... (A part.) Que va-t-il se passer ?...

SCÈNE VI

HUON, SHERASMIN, SADACK.

SADACK, les apercevant.

Quels sont ces étrangers ? des invités, sans doute... (s'inclinant.) Nobles seigneurs, permettez à votre humble esclave de baiser la poussière de vos babouches ! (Se relevant. Il les reconnaît et reste ébahi.) Grand Prophète... Holà !...

HUON, tirant son yatagan.

Si tu dis un mot, tu es mort !...

SADACK.

Prenez garde... je suis chatouilleux !...

SHERASMIN.

Tu vas appeler et transmettre les ordres que l'on te donnera...

SADACK.

Mais si je fais cela, je serai empalé...

HUON.

C'est possible, mais plus tard.

SADACK.

Plus tard... c'est encore trop tôt...

HUON, le menaçant.

Allons ! décide-toi !...

SADACK.

J'obéis... O Mahomet !... (Il frappe dans ses mains, deux Esclaves paraissent.)

SHERASMIN.

C'est bien ! Fais amener le caïk du prince Babekan.

SADACK.

Le caïk!... Oui, j'ai compris. Esclaves, amenez le caïk de Sa Hautesse.

SHERASMIN.

Fais doubler le nombre des rameurs.

SADACK.

Ah!...

SHERASMIN, le menaçant.

Hum! hum!

SADACK.

Voilà. (Haut.) Faites doubler les rameurs.

SHERASMIN.

Que personne ne puisse pénétrer ici.

SADACK.

Hum!... C'est ce que j'allais dire... (Même jeu.) Placez des gardes à toutes les portes...

SHERASMIN.

Que l'on m'obéisse comme à toi-même.

SADACK.

Obéissez à Sa Grandeur comme à moi-même. (Les Esclaves sortent.) C'est tout? (Sherasmin lui fait signe que oui. A part.) Enfin, je respire... Tâchons de m'esquiver...

SHERASMIN, le rejoignant.

Ah! drôle, tu veux t'enfuir...

HUON.

Que faire pour nous en débarrasser?... Ah! cette porte...

SADACK.

Cette porte, mais c'est l'étuve des bains de la sultane, on y grillerait un bœuf!

SHERASMIN.

Il sera très-bien là! (Ils le poussent dans l'étuve et referment la porte. On entend les cris de Sadack.) Il se calme. Et tenez, voici le caïk qui approche, voilà nos gardes, nos rameurs... nous sommes maîtres de la place... et maintenant...

SCÈNE VII

HUON, SHERASMIN, puis FATIME, REZIA.

Quatuor.

HUON et SHERASMIN.

L'heure déjà s'avance,
Il faut quitter ces lieux;
Vers mon pays de France
Partons tous deux.

(Ils remontent pour donner des ordres.)

FATIME et REZIA.

(Elles arrivent par la gauche.)

Que la nuit tutélaire
Nous cache à tous les yeux,
Dans l'ombre et le mystère
Fuyons, quittons ces lieux!

(Huon revient et les distingue dans l'obscurité.)

HUON, parlé.

Ah! Rezia!...

ENSEMBLE.

C'est un amant fidèle
{ Qui t'attend, qui t'appelle,
{ Qui m'attend, qui m'appelle.
Partons sur la nacelle
Qui va quitter le bord
Et nous conduire au port!

(Ils partent.)

QUATRIÈME TABLEAU

Le théâtre représente une grotte sur le bord de la mer, au fond, sur un pic élevé, un Génie est debout en sentinelle.

SCÈNE VIII

OBÉRON, PUCK.

PUCK.

Oui, seigneur, jusqu'ici tout va bien... nos deux amants ont accompli toutes les conditions imposées par vous. Rezia a tout quitté pour suivre celui qu'elle aime, cela est rare!... et lui, il s'est comporté dans le palais du calife comme en pays conquis. Il a enlevé sa belle dans le caïk de son rival, et depuis un mois ils voguent à pleines voiles vers les rives d'Aquitaine.

OBÉRON.

Oui, mais que puis-je attendre de lui désormais?... N'avait-il pas juré de vaincre son amour, de n'être pour Rezia qu'un ami, qu'un frère, jusqu'au moment où ils seraient unis? Eh bien, moi qui l'observe, moi qui lis dans son âme... chaque jour, je le vois, il oublie davantage son serment.

PUCK.

Rassurez-vous! j'ai placé en sentinelle sur ce rocher celui de nos sylphes dont la vue est la plus perçante. Vous le voyez, il reste immobile, c'est que tout va bien...

OBÉRON.

Oui; mais les obstacles qu'ils ont surmontés ne sont pas les plus redoutables... maintenant, c'est contre eux-mêmes qu'ils ont à lutter; ils s'aiment, et la loi que je leur ai imposée... (Le Génie disparaît.)

PUCK, qui l'observait.

Grand Dieu! il s'agite... disparu!... Oh! ceci nous annonce une mauvaise nouvelle...

OBÉRON.

Tu le vois!... Ainsi, cette épreuve encore serait inutile! Allons! Puck, à l'œuvre... que la tempête les jette sur ce rivage, qu'en dépit de leurs efforts ils ne puissent s'y rejoindre, et que, séparés l'un de l'autre, ils apprennent à mieux tenir leurs serments! (Il disparaît.)

SCÈNE IX

PUCK, GÉNIES, SYLPHES.

ÉVOCATION.

Vous, les esprits du feu, de l'air,
Et vous puissances de la mer,
Vous qui partout dictez vos lois,
Venez à ma voix.

De vos cavernes profondes
Aux voûtes d'or, de diamants,
Ou du fond des ondes
Accourez, je vous attends.
Vous, sylphides et lutins,
Des airs esprits souverains!
Rois du feu, sombres habitants
Des laves des volcans,
De votre maître, écoutez les lois,
Alerte! accourez à ma voix.

(Les Génies paraissent de toutes parts.)

CHOEUR.

Nous voilà! dis, que faut-il faire?...
Plonger dans le chaos
Et la terre et les eaux,
Du soleil radieux éteindre la lumière!
Veux-tu voir de la mer tous les flots se tarir?
On va se rendre à ton désir.

PUCK.
Non, non; j'ordonne seulement
Qué la tempête en mugissant,
Sur ces écueils brise à l'instant
Ce vaisseau qui s'en va gaîment!...

CHOEUR.
Pour nous vraiment c'est peu...
Tiens, vois!... C'est fait!... Adieu.
(Le ciel s'obscurcit, la tempête gronde, les Génies sortent peu à peu.)

SCÈNE X

UN CHEF DE PIRATES, PIRATES.

(On voit des Pirates se répandre sur le rivage.)

LE PIRATE.

Alerte, compagnons!... au loin un vaisseau en dé-
tresse! Courons! emparons-nous de tout ce que l'orage va
nous apporter! (Il paraît; la tempête continue.)

SCÈNE XI

REZIA. Elle arrive avec peine en s'appuyant sur les rochers.

AIR.

Récitatif.

Grand Dieu! sur ce rivage
Grondé avec un bruit affreux
L'orage furieux!
Échappée à sa rage
Et seule en ces lieux;
Autour de moi je porte en vain mes yeux.

Hélas! quel spectacle effrayant!
Avec fureur le flot s'élève en mugissant!
Je sens mon cœur
Qui frémit glacé d'horreur.

Près de moi s'ouvre l'abîme,
Il semble attendre sa victime.
Je ne vois partout encor
Que le deuil et que la mort.

(Le jour revient.)

Mais non, une lueur naissante
Vient et dissipe la nuit;
C'est la fin de la tourmente,
Tout se tait, plus de bruit.
L'horizon au loin s'éclaire,
Les orages menaçants
Parmi des flots de lumière
S'envolent sur l'aile des vents.

Salut, ô dieu du jour!
Salut à ton retour!
Et pourtant celui que j'aime
Reste sourd à mes accents,
Dans ma douleur extrême
C'est en vain que je l'attends.
Mais je ne me trompe pas...
Rasant la vague écumante,
Une barque vient là-bas...
Ah! combien elle est lente!
Oui, je le revois, plus près....
Ah! l'espoir succède aux regrets!
Courage!
Et je gage,
Il sera bientôt près de moi...
Viens! ta belle
T'appelle!
Accours à sa voix!...

La barque approche... Non.... ce n'est pas lui!...

SCÈNE XII

REZIA, FATIME, SHERASMIN, LES PIRATES.

REZIA, apercevant Fatime que les Pirates amènent.

Ah! Fatime!...

FATIME.

Ma bonne maîtresse!...

LE PIRATE, apercevant Rezia.

Une femme!... (Il fait signe aux Pirates qui entourent Rezia.)

SHERASMIN.

Merci, merci; sans ces braves gens et leur barque, nous
étions engloutis avec le vaisseau...

LE PIRATE, le poussant doucement.

Allons... marchons!....

SHERASMIN.

Mais où nous conduisez-vous, bons habitants?

LE PIRATE, souriant.

A Tunis.

SHERASMIN.

Comment, à Tunis!... Que prétendez-vous donc faire de
nous?

LE PIRATE, toujours gracieux.

Vous vendre au Bey.

SHERASMIN.

Nous vendre!... Comment! c'est pour cela que vous nous
avez recueillis!... voilà votre hospitalité!...

LES PIRATES, le menaçant.

Allons... en route!....

SHERASMIN.

Mais... (Les Pirates se jettent sur lui et l'entraînent avec Rezia et
Fatime.)

SCÈNE XIII

HUON, puis PUCK.

(Huon arrive au moment où Rezia disparaît, il veut s'élancer; Puck, au fond,
fait un geste et l'arrête.)

HUON.

Rezia!... Rezia!... Séparés désormais!

PRIÈRE.

Dieu puissant dont le courroux
En ce jour s'étend sur nous,
Par pitié suspends tes coups!
Que sur moi seul, ô Dieu vengeur,
S'épuise ta fureur!
C'est sur elle,
Dieu si bon,
Que j'appelle
Ton pardon!...

Obéron! ta colère me poursuit!... eh bien! que ta vengeance s'accomplisse, c'est trop souffrir. (Il va pour se jeter
dans la mer, Puck paraît de nouveau, étend la main sur lui, il tombe
anéanti sur un rocher.)

SCÈNE XIV

PUCK, OBÉRON, HUON.

PUCK, à Obéron.

Tes ordres sont exécutés, seigneur : les pirates entraînent Rezia à Tunis; elle est perdue pour notre chevalier.
Qu'ordonnes-tu de lui, maintenant?

OBÉRON.

Abandonne-le sur ce rivage.

PUCK.

Pourquoi le traiter avec tant de sévérité? Sa faute ne
vient que de l'excès de son amour! Que ne tentez-vous
plutôt une nouvelle épreuve?

OBÉRON.

Eh bien, soit! transporte-le à Tunis, et là, dans le harem du bey, si nos deux amants résistent à toutes les séductions dont tu sauras les entourer, je consens à leur
pardonner encore.

PUCK.

Nymphes de la mer! exécutez les ordres d'Obéron!

SCÈNE XV

LES MÊMES, LES NYMPHES DE LA MER.

PUCK.

Couplets.

I

Ah! quel plaisir de danser sur la rive,
De courir sur les verts gazons,
Quand les accents de la brise plaintive
Viennent répondre à l'écho des chansons!
L'air est empreint des plus douces senteurs,
Sur les prés aux vives couleurs
Venez orner vos fronts de fleurs.

II

Quel plaisir de courir sur les ondes
A l'heure où le jour s'enfuit!
Nymphes, quittez vos retraites profondes
Et sur la rive accourez, il fait nuit.
Venez prendre vos ébats,
Nymphes des flots, formez vos pas.

(Le rocher se change en coquille, les Nymphes se groupent autour et emmènent Huon endormi.)

SCÈNE XVI

OBÉRON, PUCK, GÉNIES, SYLPHES.

PUCK.
Maître, dis: le jour s'enfuit,
Et bientôt viendra la nuit;
A leurs danses, si tu veux,
Nous joindrons nos chants joyeux.

OBÉRON.
Oui; je suis content de vous;
Dansez loin des yeux jaloux!

Duo.

OBÉRON et *PUCK.*
Vite, sylphes joyeux,
Que l'on recommence
La danse
Et les jeux.
De votre roi venez charmer les yeux,
Bondissez, sylphides légères,
Venez prendre vos ébats,
Et sur les bruyères
Formez vos pas!

(Les Sylphes et les Génies accourent de toutes parts. Ballet.)

CHŒUR.
Le zéphyr ramène un jour pur,
L'onde calme ses flots d'azur.
Bondissons,
Et dansons
Aux doux sons
Des chansons!
Et sur les bruyères,
Sylphides, lutins,
En rondes légères
Enlaçons nos mains.

(Le jour baisse. La nuit descend du ciel entourée de voiles, elle s'arrête au fond. Tableau.)

ACTE TROISIÈME

CINQUIÈME TABLEAU

Le théâtre représente une petite grotte servant d'habitation et de lieu de travail aux jardiniers du harem.

SCÈNE PREMIÈRE

FATIMÉ, seule. Elle tresse des couronnes de fleurs et arrange des bouquets.

Oh! les belles fleurs! qu'elles ont de parfum et d'éclat! Qu'il est agréable de passer sa vie dans ces jardins! Notre maître, le bey de Tunis, n'y vient jamais!... c'est moi et Shérasmin qui en jouissons le plus! nous, ses esclaves!... Oh! mais, franchement, c'est un assez doux esclavage; je n'ai autre chose à faire que soigner ces fleurs, et je chante toute la journée... Ah! si l'on pouvait oublier son pays, c'est ici que j'en perdrais le souvenir!

Ariette.

Belle Arabie!
O ma patrie,
Objet de mon amour,
Quand viendra l'heure du retour?
Près de la tente de mon père
Et des dattiers en fleurs,
Pourrai-je entendre encor la voix si chère
Et les chants de mes sœurs.
Là, bien souvent, plus d'une amante,
A l'heure où fuit le jour,
Redisait sa chanson touchante,
Ses doux récits d'amour.

I

La! la! la! la!
Quand le jour va finir,
Commence l'instant du plaisir.
Viens, tandis que sommeille
L'astre aimé du jour,
C'est pour toi que je veille
Attendant ton retour!...
Ah! fuyons tous les deux
Et d'un maître odieux
Déjouons
Les soupçons!

II

La! la! la! la! la!
Beau coursier, hâte-toi,
Loin des jaloux avec lui porte-moi.
Le danger nous menace;
Plus prompt que les éclairs,
Cours sans laisser de trace
Au sable des déserts;
Ah! fuyons tous les deux, etc.

SCÈNE II

FATIMÉ, SHÉRASMIN.

SHÉRASMIN. Il arrive en comptant sur ses doigts.
Voyons, n'oublions rien: soixante grenades, quarante pêches, des cédrats...

FATIMÉ.
Qu'est-ce donc?

SHÉRASMIN.
Je récapitule les ordres que vient de me donner le vieil Ibrahim, le jardinier en chef du harem. Il y a grande fête ce soir... notre seigneur et maître, le bey de Tunis, a ordonné de choisir les plus beaux fruits.

FATIMÉ.
On m'a demandé les bouquets les plus parfumés.

SHÉRASMIN.
J'ai commencé ma récolte.

FATIMÉ.
Moi, la mienne.

SHÉRASMIN.
Je pensais à toi en cueillant ces pêches au fin duvet, à la peau rose et douce!... Ah! tu es aussi fraîche et aussi jolie qu'elles, ma Fatimé! Au milieu de tous nos désastres, quel bonheur pour nous d'avoir été achetés par le même maître!

FATIMÉ.
C'est vrai, mais qu'il est triste d'avoir été séparés de Rosia! Je la vois encore, lorsque les pirates l'entraînaient tout en larmes; je ne sais ce qu'elle est devenue.

SHERASMIN.

C'est comme mon maître, qu'aura-t-il pu faire dans cette île déserte ou du moins bien mal habitée?... Oh ! c'est un vilain tour de ce génie qui se mêlait de nos affaires! j'avais bien prévu que tôt ou tard cela tournerait mal.

FATIME.

Nous, du moins, nous n'avons pas été séparés.

SHERASMIN.

Et c'est ce qui me console de tout le reste.

FATIME.

Oui... car nous nous aimons bien...

SHERASMIN.

Certes! mais aussi fut-il jamais un couple mieux assorti !

Duo.

SHERASMIN.

Sur les bords de la Garonne
J'ai vu le jour, ma mignonne.
D'humeur tant soit peu gasconne,
Franc luron, vrai boute-en-train;
Je courtisais femme et fille
Et je sablais le bon vin
Versé par la plus gentille.
C'est ainsi que mon jeune âge
S'égaya dans le tapage ;
Au bruit des refrains joyeux,
   Toujours heureux.
Sur les bords de la Garonne
J'ai vu le jour, ma mignonne.

FATIME.

Sur les bords du Bendémir
Je naquis en Arabie.
J'ai passé dans le plaisir
Les premiers ans de ma vie ;
Je charmais par mes chansons
Nos tribus courant la plaine,
Et le soir sur les gazons
Des danses j'étais la reine.
Sur les bords du Bendémir
Tout était pour moi plaisir !

SHERASMIN.

Mais tout change !
Sort étrange !

FATIME.

Ici, captifs tous deux !

SHERASMIN.

Mais l'esclavage, dans ces lieux,
Unit deux cœurs amoureux !

ENSEMBLE.

Plus de regrets, de tristesse,
Et qu'une égale tendresse
Nous conserve unis sans cesse;
Ainsi que deux bons époux,
Aimons-nous, chérissons-nous !

FATIME.

Vivons ensemble ;
L'amour rassemble
Deux cœurs épris.

SHERASMIN.

Que l'esclavage
Me dédommage.
          (Il l'embrasse.)

FATIME.

Ah ! soyez sage !

SHERASMIN.

C'est ça de pris !

REPRISE DE L'ENSEMBLE.

Plus de regrets, de tristesse,
Et qu'une égale tendresse
Nous conserve unis sans cesse ;
Ainsi que deux bons époux,
Aimons-nous, chérissons-nous !

SCÈNE III

SHERASMIN, FATIME, ABOULIFAR.

ABOULIFAR.

Peut-on entrer?

SHERASMIN.

Eh ! c'est le seigneur Aboulifar, le chef des eunuques du palais !

ABOULIFAR.

Lui-même ! lui-même !... Salut, Sherasmin ! salut, Fatime !... Eh ! au milieu de toutes ces fleurs, j'avais peine à te distinguer !

FATIME.

Que d'amabilité !...

ABOULIFAR.

Je suis comme cela, moi, je suis comme cela !... C'est vraiment bien heureux que vous ayez été enlevés par des pirates et vendus à notre seigneur et maître...

FATIME.

Vraiment ?...

SHERASMIN.

Comment, bien heureux !

ABOULIFAR.

Oui; vous vous acquittez à merveille de votre emploi, toi surtout... Voyons! que fais-tu là de joli?

FATIME.

Des bouquets qu'on m'a commandés pour la fête de ce soir.

ABOULIFAR.

C'est vrai ! c'est vrai ! Ah ! c'est un grand jour ! nous avons du nouveau !... Sa Hautesse le bey est en train de se lasser de la dernière favorite...

SHERASMIN.

La sultane ?...

ABOULIFAR.

Oui... cette petite Almanzaris... Oh ! pour ma part, je ne la regrette pas !... On nous a amené une nouvelle esclave... charmante... charmante !... une beauté de choix !... je m'y connais... et nous en sommes éperdument amoureux.

FATIME.

Quel changement!

ABOULIFAR.

Bah ! j'en ai vu bien d'autres !... c'est l'usage du sérail !... J'ai vu étrangler une douzaine de vizirs, j'ai vu jeter à la mer une quinzaine de favorites. J'ai vu plus d'un pacha dépouillé de sa charge... Moi, la mienne me reste ! ça m'est égal.

SHERASMIN.

Vous y tenez donc bien ?

ABOULIFAR.

Je ne l'aurais peut-être pas choisie, mais c'est une dignité héréditaire dans ma famille... Après tout, je vis tranquille, étranger aux passions qui s'agitent autour de moi...

FATIME.

Et vous vous maintenez toujours en faveur. Que faites-vous donc pour cela?

ABOULIFAR.

Moi ! je ne fais rien !... ou plutôt, j'imite cette petite fleur que tu tiens à la main : je me tourne toujours vers le soleil... c'est même ce qui m'amène.

FATIME.

Le soleil !

ABOULIFAR.

Oui, dans la personne de la nouvelle favorite. Je venais te prier de me faire un bouquet des fleurs les plus rares, les plus suaves. J'ai l'habitude d'offrir des fleurs rares et suaves à toutes les favorites. (A Sherasmin.) Tu me choisiras aussi quelques fruits. (Il en goûte.)

SHERASMIN.

Eh bien ! qu'est-ce que vous faites donc?

ABOULIFAR, *la bouche pleine.*

Je déguste ; je déguste, afin de m'assurer si tes fruits
sont dignes de notre nouvelle maîtresse... la belle Rezia...

SHERASMIN, *vivement.*

Hein ?...

FATIME.

Rezia, avez-vous dit !...

ABOULIFAR.

Sans doute !... Qu'a ce nom qui vous étonne ?...

FATIME.

Rien...

SHERASMIN.

C'est un nom comme tous les autres !

ABOULIFAR.

Du tout !... Le nom d'une femme qui d'un mot peut me
faire trancher la tête ne sera jamais pour moi un nom
comme tous les autres !... Allons, donne-moi tes fruits, et
toi, n'oublie pas mon bouquet.

SCÈNE IV

SHERASMIN, FATIME.

FATIME.

Oh ! que j'ai eu de peine à me contraindre ! Rezia !...
ma bonne maîtresse !... elle est ici !...

SHERASMIN.

Ah ! si je pouvais de même retrouver mon maître !...
Quand je pense que si on l'avait pris avec nous, il serait
maintenant auprès de celle qu'il aime. Oh ! c'est à s'arracher les cheveux... (*dérangeant son turban*) si on ne me les
avait pas rasés...

SCÈNE V

SHERASMIN, FATIME, HUON.

(On frappe à une petite porte.)

FATIME.

Entrez !

(On voit entrer Huon, les habits en lambeaux, l'air exténué de fatigue.)

SHERASMIN.

Voilà un pauvre diable qui a l'air épuisé de fatigue et de
faim.

FATIME, *lui portant un tabouret.*

Mettez-vous là, mon brave homme, et reposez-vous...
(Le reconnaissant.) Grand Dieu !...

SHERASMIN, *le regardant à son tour.*

Mon maître !... (Il se jette dans ses bras.)

HUON.

Sherasmin !... Fatime !... Je vous retrouve enfin !... mais
Rezia ?...

FATIME.

Elle est ici, seigneur...

HUON.

Comment... ici !... mais explique-moi...

FATIME.

Elle a été enlevée par des pirates et vendue comme
nous au bey.

HUON.

Conduis-moi près d'elle.

FATIME.

Il y a encore bien des obstacles entre vous ! Le bey est
épris de Rezia, il veut en faire son esclave favorite !...

HUON.

La retrouver pour la perdre !... jamais !... J'irai plutôt
l'arracher au bey lui-même.

SHERASMIN.

Eh ! pas de violence !... elle nous perdrait... Il vaut
mieux s'y prendre par la ruse... Seulement, il faudrait
faire savoir à Rezia que vous êtes près d'elle... et nul ne
peut pénétrer dans le harem.

FATIME.

Bon ! je me charge de la prévenir. Aboulifar, le chef des
eunuques, m'a demandé un bouquet pour l'offrir à Rezia...
Les fleurs ont leur langage, celles que je vais choisir lui
feront tout comprendre... Joignez-y votre anneau et votre
chiffre, et je vous réponds du succès.

HUON.

Je me fie à toi...

SHERASMIN.

Et maintenant, afin que personne ne s'aperçoive de
votre présence, il faudrait... oui, c'est cela... le vieil
Ibrahim attend un garçon jardinier... voilà notre plan tout
tracé...

Trio.

HUON.

Voyons ! Que faut-il faire ?

SHERASMIN.

Prendre un déguisement.

HUON.

Ah ! du moins ma colère
Saura punir le mécréant !

FATIME.

Sylphe puissant
Et bienfaisant,
C'est moi, c'est ma voix qui t'implore ;
Viens lui rendre encore
Celle qu'il adore ;
Entends
Nos vœux ardents !

ENSEMBLE.

O bon génie !
Mon
Son protecteur

Pardonne lui, sois encor son sauveur !
moi, mon

De grâce oublie
Ta juste fureur,
O bon génie,

Inspire le, sois son protecteur !
moi, mon

SHERASMIN, *parlé.*

Venez !... venez !...

(Pendant le trio, Sherasmin a pris des habits de jardinier pareils aux siens ;
il les montre à Huon et l'emmène par la gauche, tandis que Fatime
sort par la droite avec le bouquet. Ils sortent avec prudence en se fai-
sant des signes.)

SIXIÈME TABLEAU

Le théâtre représente les jardins du harem.

SCÈNE VI

ABOULIFAR, LE BEY, EUNUQUES, DANSEUSES, MUSICIENS.

(Au changement, on voit le Bey assis sur une pile de coussins, entouré de
ses eunuques. Danse. Musique.)

LE BEY.

Allons !... c'est bien !... assez !...

ABOULIFAR.

Assez !... (A part.) Sa Hautesse me paraît de mauvaise
humeur... j'ai bien envie de m'en aller...

LE BEY, *le rappelant.*

Aboulifar !...

ABOULIFAR, *revenant précipitamment.*

Seigneur !...

LE BEY.

Tout est-il prêt pour la fête que j'ai demandée ?...

ABOULIFAR.

Montagne de diamant, ton serviteur a accompli tes
ordres.

LE BEY.

Les fleurs ?

ABOULIFAR.
Cueillies.

LE BEY.
Les corbeilles de fruits?

ABOULIFAR.
Dressées.

LE BEY.
Les danses?

ABOULIFAR.
Réglées.

LE BEY.
Les musiciens?

ABOULIFAR.
Accordés... Il ne manque plus à la fête que celle qui en sera le plus bel ornement. (A part.) Je crois que c'est le moment d'aller porter mon bouquet.

LE BEY.
C'est bien ! Va prévenir la sultane, la noble Almanzaris.

ABOULIFAR.
Hein ?.... mais je croyais...

LE BEY.
Quoi?

ABOULIFAR.
Rien.

LE BEY.
Bien!... Aboulifar !... tu feras aussi venir Rezia, je veux lui annoncer moi-même le châtiment réservé à son audace.

ABOULIFAR.
Un châtiment?

LE BEY.
Sais-tu bien ce qu'elle a fait?... Quand je voulais l'élever au rang de favorite... elle a dédaigné ma tendresse... repoussé les honneurs dont j'allais la combler !...

ABOULIFAR.
O abomination !

LE BEY.
Elle m'a dit qu'elle en aimait un autre... qu'en dépit de tout elle lui resterait fidèle !...

ABOULIFAR.
Quelle indignité !...

LE BEY.
Un refus !... à moi !... Oh! mais elle apprendra ce qu'il en coûte à m'offenser !... Rentrez tous !... Aboulifar !... suis moi!

ABOULIFAR.
Oui, grande lumière !... (Ils sortent par la gauche.)

SCÈNE VII

SHERASMIN, HUON, FATIME.

FATIME. Elle entre la première avec précaution et regarde partir Aboulifar.
Aboulifar s'éloigne avec le bey... Ils rentrent tous deux dans le harem, tout va bien... le bouquet va être remis.

HUON.
Et tu es certaine qu'il sera compris?

FATIME.
D'abord elle reconnaîtra l'anneau; et puis, souvenez-vous des fleurs dont je me suis servie : *un œillet blanc,* fidélité; *une rose,* tendresse ; *une belle de nuit,* rendez-vous le soir: puis, avec cela, *une branche de lierre...* réunis pour toujours !

SHERASMIN.
De mon côté, je ne suis pas resté inactif : j'ai gagné le vieil Ibrahim; je lui ai fait croire qu'il s'agissait pour moi d'une bonne fortune...

FATIME.
Oh! quelle vilaine idée...

SHERASMIN.
Bref, j'ai une clef, et aussitôt que nous aurons la réponse à votre message, nous pourrons fixer l'heure du départ.

HUON.
Enfin !..

SHERASMIN.
Mais jusque-là, de la prudence !... Bientôt le timbre des eunuques va annoncer l'heure à laquelle les jardiniers doivent se retirer...

FATIME.
C'est le moment de la promenade des femmes ; tout indiscret que l'on trouverait ici payerait sa témérité de sa vie...

HUON.
Eh ! que m'importe !

SHERASMIN.
Eh mais !... j'aperçois Aboulifar...

FATIME, à Huon.
Prenez garde !...

SCÈNE VIII

LES MÊMES, ABOULIFAR, LES MUETS.

ABOULIFAR, aux Muets.
Allons ! placez là ces coussins... ces tapis... plus près !... plus loin !... Bien... (Apercevant Fatime et Sherasmin.) Ah ! que d'événements !

FATIME.
Qu'est-ce donc ?

ABOULIFAR.
De mémoire d'eunuque, cela ne s'était jamais vu !...

SHERASMIN.
Mais dites-nous...

ABOULIFAR.
Figurez-vous... (Apercevant Huon.) Tiens... je ne le connaissais pas celui-là...

FATIME.
C'est un nouveau garçon jardinier.

SHERASMIN.
Un neveu du vieil Ibrahim... Mais vous disiez...

FATIME.
Oui, mon bouquet...

ABOULIFAR.
Voilà ! voilà !... voilà !... Ton bouquet, je viens de le remettre à la noble Almanzaris.

HUON.
Que dit-il ?

FATIME, à part.
Une déclaration d'amour à la sultane !...

SHERASMIN.
Comment ! ce n'est pas à la nouvelle favorite...

ABOULIFAR.
Mais non !... Imaginez-vous que tantôt, en présence du bey, elle lui a parlé de la façon la plus étrange... elle lui a dit des choses... Bref ! elle a refusé le mouchoir... Quel scandale ! Alors, croyant que la faveur tournait, j'ai tourné avec elle, et c'est à la belle Almanzaris que j'ai offert mon bouquet.

SHERASMIN.
Quel contre-temps !

ABOULIFAR.
Justement ! car voilà ce qui me passe !... malgré la scène de tantôt et au moment où je la croyais en disgrâce, il paraît qu'on s'est entendu, réconcilié.

HUON, à part.
Est-il possible !

ABOULIFAR.
Elle est en faveur plus que jamais, et moi qui ai donné mon bouquet à l'autre, je suis compromis... je le suis... On devrait toujours avoir deux bouquets... (On entend sonner un timbre.) Allons!... allons! partez!... c'est l'heure de la promenade des femmes. (A un Muet, en s'en allant.) J'aurais dû suivre ma première idée... elle était bonne... quoique tu en dises... elle l'était... Assez !... (Ils sortent.)

SCÈNE IX

PUCK, HUON, puis LES FEMMES.

HUON, revenant.
Rezia ! elle m'a oublié... elle m'a trahi !... (Puck paraît, étend la main. Le costume d'Huon se change ; les femmes le considèrent avec curiosité et s'empressent autour de lui.)

CHOEUR DE SÉDUCTION.

C'est la plus belle
Qui t'attend, qui t'appelle !
Est-il une ivresse plus belle
Que celle de la volupté !
Près de la beauté
Viens, l'amour t'appelle.

(Elles lui présentent une coupe et des fleurs.)

HUON, étonné.
Non! non! ces coupables ardeurs
Cachent un piège sous les fleurs!
Non! éloignez de mes yeux
Ces philtres trop dangereux!

CHOEUR.
Dans nos yeux brille la tendresse,
Viens et cède à notre ivresse ;
Pourquoi tarder à saisir
Le bonheur prêt à s'enfuir!

HUON, les repoussant.
Loin de mon âme,
O profane flamme!
Non! non! mon cœur
Se refuse à cette ardeur.
Ah! laissez-moi! vos attraits,
Je les hais!
Pour vos caresses
Je n'ai que mépris,
Loin d'un cœur épris
Fuyez, enchanteresses!...
Non! non! mon âme est fermée aux désirs
Non! mon cœur à jamais dédaigne vos plaisirs.

CHOEUR.
Bannis la tristesse
Qui glace ton cœur,
Et de notre ivresse
Partage l'ardeur.
Bien fou qui méprise
Les douces amours!
La seule devise
Est d'aimer toujours,
Les soucis moroses
Viendront te saisir,
Couronnons de roses
L'âge du plaisir ;
Sur nos lèvres roses
Sache le cueillir.

(Huon résiste et veut s'enfuir.)

SCÈNE X

LES MÊMES, REZIA, puis LE BEY, ABOULIFAR, SHERAS-
MIN, FATIME, EUNUQUES, GARDES, etc.

HUON, apercevant Rezia.
Ah! Rezia!... (il se jette dans ses bras.)
LE BEY. Il entre et les aperçoit.
Que vois-je! un homme dans mon harem... et cet
homme n'est pas moi! Holà, gardes!

ABOULIFAR, accourant avec les Muets qui entraînent Shérasmin et Fatime.
Seigneur...

LE BEY.
Qu'est-ce encore ?

ABOULIFAR.
Deux serviteurs infidèles qui avaient introduit cet
homme dans le harem.

LE BEY.
Ah! l'on s'est joué de moi!... Qu'on pende! qu'on brûle!
qu'on étrangle! qu'on empale!...

ABOULIFAR.
Qu'on empale!...

LE BEY, désignant Aboulifar.
Et lui aussi...

ABOULIFAR.
Et lui aus... Ah! mais...

LE BEY.
Obéissez!... (On va pour exécuter les ordres du Bey. Un Génie paraît
et fait sonner le cor magique.)

SHERASMIN.
Ah! le cor magique!... nous sommes sauvés!

Finale

(Tout le monde commence peu à peu à tourner.)

CHOEUR.
Ah! quelle harmonie!
Quels sont ces accords!
L'étrange mélodie
Excite nos transports!...
Ah!

Quatuor.

HUON, SHERASMIN, FATIME, REZIA.
Miracle! c'est l'effet du cor...
Tout tourne, tout danse,
Et la ronde immense
Va s'étendre encor!

SEPTIÈME TABLEAU

SCÈNE XI

LES MÊMES, OBÉRON.

Obéron paraît au fond. Les pavillons du harem s'écroulent, et l'on voit le
palais des génies et Titania auprès d'Obéron. Coup de tam-tam. Tout
le monde tombe à terre.

OBÉRON.
Huon de Bordeaux, et toi, Rezia, votre amour a résisté
aux périls comme aux séductions. Grâce à vous, ma Titania m'est rendue; le cor magique vous annonce la fin de
vos épreuves. Retournez dans votre patrie, ma protection
vous suivra partout!

CHOEUR.
Gloire à l'amant fidèle
Qui sut être vainqueur!
Gloire à la belle
Qui lui garda son cœur!
Que d'âge en âge,
On chante toujours
Leur noble courage,
Leurs tendres amours.

FIN.

UN franc le volume

COLLECTION MICHEL LÉVY

Choix des meilleurs ouvrages contemporains

FORMAT GRAND IN-18, IMPRIMÉ SUR BEAU PAPIER SATINÉ, CONTENANT LA MATIÈRE DE 2 OU 3 VOLUMES IN-8°

IL PARAIT UN OU DEUX VOLUMES TOUS LES HUIT JOURS. — 450 VOLUMES SONT EN VENTE

Les mêmes ouvrages, reliure anglaise (toile), en ajoutant 50 centimes par volume

AMÉDÉE ACHARD — vol.
Parisiennes et Provinciales.... 1
Brunes et Blondes.... 1
Les dernières Marquises.... 1
Les Femmes honnêtes.... 1

ADOLPHE ADAM
Souvenirs d'un Musicien.... 1
Derniers souvenirs d'un Musicien.... 1

GUSTAVE D'ALAUX
L'Empereur Soulouque et son Empire.... 1

ACHIM D'ARNIM
Traduction Th. Gautier fils.
Contes bizarres.... 1

XAVIER AUBRYET
La Femme de vingt-cinq ans.... 1

ÉMILE AUGIER
Poésies complètes.... 1

J. AUTRAN
Milianah (épis. des guerr. d'Afrique).... 1

THÉODORE DE BANVILLE
Odes funambulesques.... 1

CHARLES BARBARA
Histoires émouvantes.... 1

ROGER DE BEAUVOIR
Le Chevalier de Saint-Georges.... 1
Aventurières et Courtisanes.... 1
Histoires cavalières.... 1

A. DE BERNARD
Le Portrait de la Marquise.... 1

CHARLES DE BERNARD
Le Nœud gordien.... 1
Un Homme sérieux.... 1
Gerfaut.... 1
Les Ailes d'Icare.... 1
Le Gentilhomme campagnard.... 2
Un Beau-Père.... 2
Le Paravent.... 1
La Peau du Lion.... 1
L'Écueil.... 1

Mme C. BERTON (NÉE SAMSON)
Le Bonheur impossible.... 1

LOUIS BOUILHET
Melænis, conte romain.... 1

ALFRED DE BRÉHAT
Scènes de la vie contemporaine.... 1

MAX BUCHON
En Province.... 1

H. BLAZE DE BURY
Musiciens contemporains.... 1

ÉMILIE CARLEN
Traduction Marie Souvestre.
Deux Jeunes Femmes ou un an de mariage.... 1

LOUIS DE CARNÉ
Un Drame sous la Terreur.... 1

ÉMILE CARREY
L'Amazone. — Huit jours sous l'Équateur.... 1
Les Métis de la Savane.... 1
Les Révoltés du Para.... 1
Récits de Kabylie.... 1

CÉLESTE DE CHABRILLAN
Les Voleurs d'or.... 1
La Sapho.... 1

CHAMPFLEURY
Les premiers Beaux Jours.... 1
Aventures de mademoiselle Mariette.... 1
Le Réalisme.... 1
Les Excentriques.... 1
Les Souffrances du Professeur Delteil.... 1
L'Usurier Blaizot.... 1
Souvenirs des Funambules.... 1

HENRI CONSCIENCE
Traduction Léon Wocquier.
Scènes de la Vie flamande.... 3
Le Fléau du Village.... 1
Le Démon de l'Argent.... 1
La Mère Job.... 1
Heures du Soir.... 1
Veillées flamandes.... 1
L'Orpheline.... 1
La Guerre des Paysans.... 1

CUVILLIER-FLEURY
Voyages et Voyageurs.... 1

LA COMTESSE DASH
Les Bals masqués.... 1
Le Jeu de la reine.... 1
La Chaîne d'Or.... 1
Le Fruit défendu.... 1

LE GÉNÉRAL DAUMAS
Le Grand Désert.... 1
Les Chevaux du Sahara.... 1

LE DIABLE A PARIS — vol.
Le Tiroir du Diable.... 1
Les Parisiennes à Paris.... 1
Paris et les Parisiens.... 1

CHARLES DICKENS
Traduction Amédée Pichot.
Le Neveu de ma Tante.... 2
Contes et Nouvelles.... 1

OCTAVE DIDIER
Madame Georges.... 1
Une Fille de Roi.... 1

ALEXANDRE DUMAS FILS
Aventures de quatre Femmes.... 4
La Vie à vingt ans.... 1
Antonine.... 1
La Dame aux Camélias.... 1
La Boîte d'Argent.... 1

XAVIER EYMA
Les Peaux noires.... 1

PAUL FÉVAL
Le Tueur de Tigres.... 1
Les dernières Fées.... 1

GUSTAVE FLAUBERT
Madame Bovary.... 2

VALOIS DE FORVILLE
Le Marquis de Pazaval.... 1

EUGÈNE FROMENTIN
Un Été dans le Sahara.... 1

THÉOPHILE GAUTIER
Les Beaux-Arts en Europe.... 2
Constantinople.... 1
L'Art moderne.... 1
Les Grotesques.... 1

Mme ÉMILE DE GIRARDIN
La Vie de Lunay (seule édit. comp.).... 4
Marguerite.... 1
Nouvelles.... 1
M. le marquis de Pontanges.... 1
Poésies complètes.... 1
Contes d'une vieille Fille à ses Neveux.... 1

LÉON GOZLAN
Les Châteaux de France.... 2
Le Notaire de Chantilly.... 1
Les Émotions de Polydore Marasquin.... 1
Le Dragon rouge.... 1
Le Médecin du Pecq.... 1
Histoire de 130 femmes.... 1
Les Nuits du Père-Lachaise.... 1
La Famille Lambert.... 1
La dernière Sœur grise.... 1

HILDEBRAND
Traduction Léon Wocquier.
Scènes de la Vie hollandaise.... 1

HOFFMANN
Traduction Champfleury.
Contes posthumes.... 1

ARSÈNE HOUSSAYE
Les Femmes comme elles sont.... 1
L'Amour comme il est.... 1

CHARLES HUGO
La Chaise de paille.... 1

FRANÇOIS-VICTOR HUGO
Traducteur.
Sonnets de Shakespeare.... 1
Le Faust anglais de Marlowe.... 1

F. HUGONNET
Souvenirs d'un Chef de bureau arabe.... 1

ALPHONSE KARR
Les Femmes.... 1
Agathe et Cécile.... 1
Promenades hors de mon jardin.... 1
Sous les Tilleuls.... 1
Les Fleurs.... 1
Sous les Orangers.... 1
Voyage autour de mon jardin.... 1
Une poignée de Vérités.... 1
La Pénélope normande.... 1
Encore les Femmes.... 1
Menus Propos.... 1
Les Soirées de Sainte-Adresse.... 1
Trois cents Pages.... 1
Les Guêpes.... 6

A. DE LAMARTINE
Les Confidences.... 1
Nouvelles Confidences.... 1
Toussaint Louverture.... 1

VICTOR DE LAPRADE
Psyché.... 1

THÉOPHILE LAVALLÉE
Histoire de Paris.... 2

JULES LECOMTE
Le Poignard de Cristal.... 1

JULES DE LA MADELÈNE
Les Âmes en peine.... 1

FÉLICIEN MALLEFILLE
Le Capitaine La Rose.... 1
Marcel.... 1

X. MARMIER — vol.
Au bord de la Newa.... 1
Les Drames intimes.... 1

LE Dr FÉLIX MAYNARD
De Delhi à Cawnpore.... 1
Un Drame dans les Mers boréales.... 1

MÉRY
Les Nuits anglaises.... 1
Une Histoire de Famille.... 1
Salons et Souterrains de Paris.... 1
André Chénier.... 1
Les Nuits italiennes.... 1

PAUL MEURICE
Scènes du Foyer (la famille Aubry).... 1
Les Tyrans de Village.... 1

PAUL DE MOLÈNES
Mémoires d'un Gentilhomme du siècle dernier.... 1
Caractères et récits du temps.... 1

FÉLIX MORNAND
La Vie arabe.... 1
Bernerette.... 1

HENRY MURGER
Le dernier Rendez-vous.... 1
Le Pays Latin.... 1
Scènes de Campagne.... 1
Les Buveurs d'eau.... 1
Les Vacances de Camille.... 1
Les Amoureuses.... 1
Propos de ville et Propos de théâtre.... 1
Scènes de la vie de jeunesse.... 1
Le Roman de toutes les Femmes.... 1
Scènes de la Vie de bohème.... 1
Le Sabot rouge.... 1

PAUL DE MUSSET
La Bavolette.... 1
Puylaurens.... 1

NADAR
Quand j'étais Étudiant.... 1
Le Miroir aux Alouettes.... 1

GÉRARD DE NERVAL
La Bohème galante.... 1
Le marquis de Fayolle.... 1
Les Filles du Feu.... 1

CHARLES NODIER
Traducteur.
Le Vicaire de Wakefield.... 1

AMÉDÉE PICHOT
Les Poètes amoureux.... 1

ÉDOUARD PLOUVIER
Les dernières Amours.... 1

EDGAR POE
Traduction Ch. Baudelaire.
Histoires extraordinaires.... 1
Nouvelles Histoires extraordinaires.... 1
Aventures d'Arthur Gordon-Pym.... 1

F. PONSARD
Études antiques.... 1

A. DE PONTMARTIN
Contes et Nouvelles.... 1
Mémoires d'un Notaire.... 1
La Fin du Procès.... 1
Contes d'un Planteur de choux.... 1
Pourquoi je reste à la campagne.... 1

MAX RADIGUET
Souvenirs de l'Amérique espagnole.... 1

B. H. REVOIL
Traducteur.
Les Harems du Nouveau-Monde.... 1

LOUIS REYBAUD
Le dernier des Commis Voyageurs.... 1
Le Coq du Clocher.... 1
L'Industrie en Europe.... 1
Jérôme Paturot. — Position sociale.... 1
Jérôme Paturot. — République.... 1
Ce qu'on peut voir dans une rue.... 1
La comtesse de Mauléon.... 1
La Vie à rebours.... 1

CHARLES DE LA ROUNAT
La Comédie de l'Amour.... 1

JULES DE SAINT-FÉLIX
Scènes de la Vie de Gentilhomme.... 1

JULES SANDEAU
Sacs et Parchemins.... 1
Nouvelles.... 1

EUGÈNE SCRIBE
Théâtre (Ouvrage complet).... 20
   Comédies.... 3 vol.
   Opéras.... 2
   Opéras-Comiques.... 5
   Comédies-Vaudevilles.... 10
Nouvelles.... 1
Historiettes et Proverbes.... 1
Piquillo Alliaga.... 3

GEORGE SAND — vol.
Histoire de ma Vie (Ouvrage compl.).... 10
Mauprat.... 1
Valentine.... 1
Indiana.... 1
Jeanne.... 1
La Mare au Diable.... 1
La petite Fadette.... 1
François le Champi.... 1
Tévérino. — Léone Léoni.... 1
Consuelo.... 3
La comtesse de Rudolstadt.... 2
André.... 1
Horace.... 1
Jacques.... 1
Lettres d'un voyageur.... 1
Lélia. — Metella. — Melchior. — Cora.... 2
Lucrézia Floriani. — Lavinia.... 1
Le Péché de M. Antoine.... 2
Le Piccinino.... 2
Le Meunier d'Angibault.... 1
Simon.... 1
La dernière Aldini.... 1
Le Secrétaire intime.... 1

ALBÉRIC SECOND
À quoi tient l'Amour.... 1

FRÉDÉRIC SOULIÉ
Les Mémoires du Diable.... 2
Confession générale.... 2
Les Deux Cadavres.... 1
Les Quatre Sœurs.... 1
Au Jour le Jour.... 1
Marguerite. — Le Maître d'École.... 1
Le Bananier. — Eulalie Pontois.... 1
Si Jeunesse savait... si Vieil. pouvait.... 2
Huit jours au Château.... 1
Le Conseiller d'État.... 1
Un Malheur complet.... 1
Le Magnétiseur.... 1
La Lionne.... 1
Le Port de Créteil.... 1
Les Drames inconnus.... 1
La Comtesse de Monrion.... 1
La Maison n° 3 de la rue de Provence.... 1
Aventures d'un Cadet de Famille.... 1
Amours de Victor Bonseune.... 1
Olivier Duhamel.... 1
Les Forgerons.... 1
Un Été à Mendon.... 1
Le Château des Pyrénées.... 2
Le Lion amoureux. — Les Prétendus.... 1

ÉMILE SOUVESTRE
Un Philosophe sous les toits.... 1
Confessions d'un Ouvrier.... 1
Au coin du Feu.... 1
Scènes de la Vie intime.... 1
Chroniques de la Mer.... 1
Les Clairières.... 1
Scènes de la Chouannerie.... 1
Dans la Prairie.... 1
Les derniers Paysans.... 1
En Quarantaine.... 1
Sur la Pelouse.... 1
Les Soirées de Meudon.... 1
Souvenirs d'un Vieillard, la dern. étape.... 1
Scènes et Récits des Alpes.... 1
Les Anges du Foyer.... 1
L'Échelle de femmes.... 1
La Goutte d'Eau.... 1
Sous les Filets.... 1
Le Foyer breton.... 2
Les derniers Bretons.... 2
Riche et Pauvre.... 1
Les Péchés de Jeunesse.... 1
Les Réprouvés et les Élus.... 2
En Famille.... 1
Contes et Nouvelles.... 1
Les Drames parisiens.... 1
Pierre et Jean.... 1
Deux Misères.... 1
Au bord du Lac.... 1

DE STENDHAL (H. BEYLE)
De l'Amour.... 1
Le Rouge et le Noir.... 1
La Chartreuse de Parme.... 1
Promenades dans Rome.... 2

Mme BEECHER STOWE
Traduction E. Forcade.
Souvenirs heureux.... 1

E. TEXIER
Amour et Finance.... 1

LOUIS ULBACH
Les Secrets du Diable.... 1

OSCAR DE VALLÉE
Les Manieurs d'argent.... 1

AUGUSTE VACQUERIE
Profils et Grimaces.... 1

MAX VALREY
Marthe de Montbrun.... 1
L'Amour à Paris et en province.... 1

FRANCIS WEY
Les Anglais chez eux.... 1

LAGNY. — Typographie de A. VARIGAULT.